This book belongs to

· · · · · · · · · · · · · · · ·

For Tana, with love

Published by
MANTRA PUBLISHING LTD
5 Alexandra Grove
London N12 8NU

ঠিক আমারই মত একটি বেবী

A BABY JUST LIKE ME

Susan Winter

Bengali Translation by Kanai Dutt

MANTRA

স্যাম সেদিন রাত্রিটা মার্থার বাড়িতেই ছিল।

Sam was staying the night at Martha's house.

ওরা মার্থার নবজাত বোনটির কথা বলাবলি করছিল।

They were talking about Martha's new baby sister.

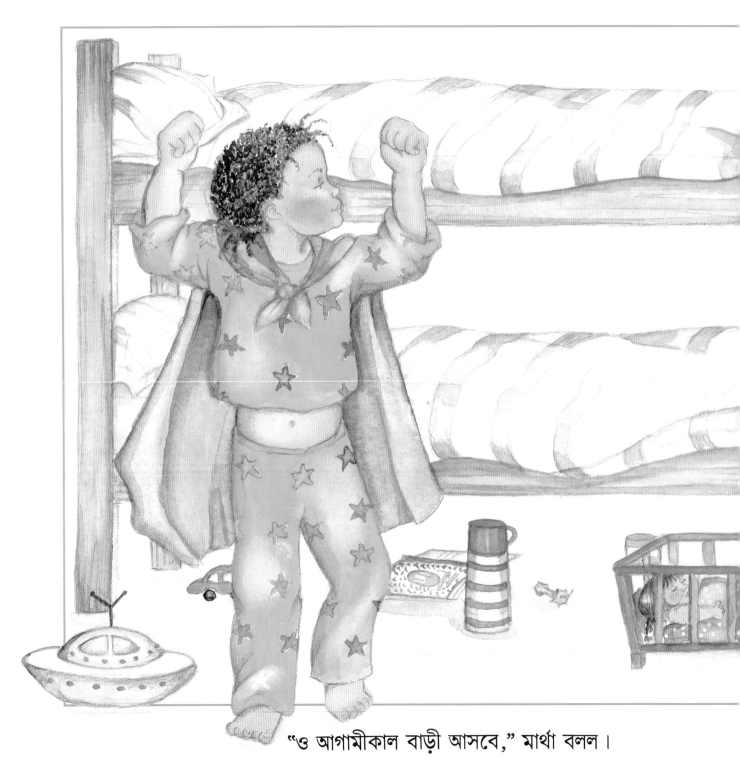

"ও আগামীকাল বাড়ী আসবে," মার্থা বলল।

"She's coming home tomorrow," said Martha.

"ও কি করবে এখন? ও কি আমাদের ব্যান্ডের মধ্যে বাজনা বাজাতে পারবে?" স্যাম জিজ্ঞেস করে। "ও সব কিছু করবে। মা বলেছেন, ও ঠিক আমার মতই হবে।"

"What's she going to do? Will she play in our band?" asked Sam.
"She'll do *everything*. Mum says she's going to be just like me."

স্যাম জানতে চায়, "ও কোথায় ঘুমাবে?"

"Where's she going to sleep?" asked Sam.

মার্থা বলল, "এই বাস্কেটের মধ্যে, তবে আমার মনে হয় যে আমার বাংকের নিচের তলাটাই ও বেশী পছন্দ করবে।"

"In this basket, but I think she'll like my
bottom bunk better," said Martha.

ওরা ঐ নূতন শিশুর জন্য সব ব্যবস্থা করে ফেলল। ও যদি ঠিক মার্থার মতই হয় তাহলে মার্থার পুরানো জামা–কাপড়গুলিই ও পরতে পারে, ওর পুরানো খেলনা নিয়ে খেলতে পারে, এমনি কি ওর পুরানো পটিটাও ব্যবহার করতে পারে।

They got everything ready for the new baby. If she was going to be just like Martha she could wear Martha's old clothes, play with her old toys, and even use her old potty.

মার্থার মা যখন বাড়ি এলেন তখন হাতে করে নিয়ে এলেন একটা বান্ডিল।

When Martha´s mum came home she was carrying a bundle.

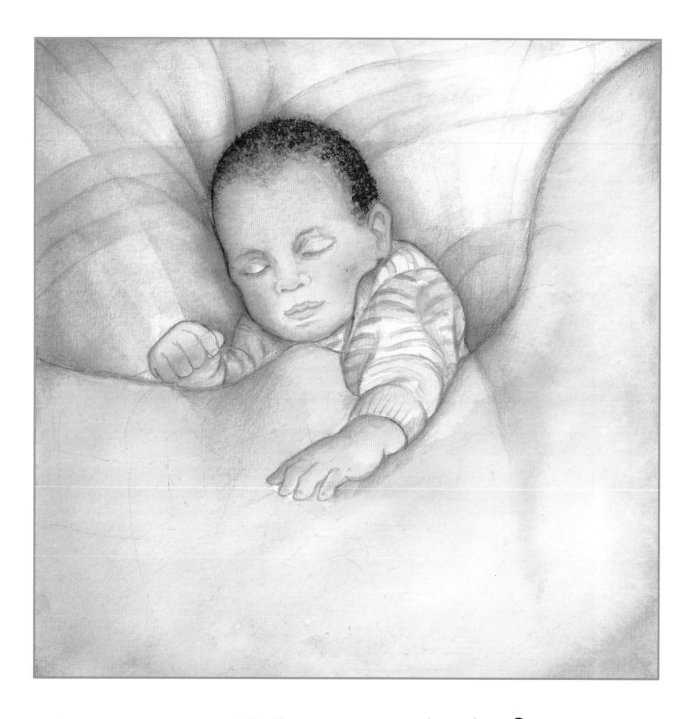

মার্থা আর স্যাম তার মধ্যে উঁকি দিল এবং দেখল একটা ছোট্ট বেবী।

Martha and Sam peered inside and saw a tiny baby.

স্যাম বলল, "ও খুবই ছোট। ও কি আমাদের সঙ্গে খেলা করতে পারবে?"
মার্থা বলল, "ও নিশ্চয়ই বেশ তাড়াতাড়ি বেড়ে উঠবে।"
"She's very small," said Sam. "Will she be able to play with us?"
"Maybe she'll grow really quickly," said Martha.

ওরা পুরো দু' সপ্তাহ ধরে, বেবীটাকে লক্ষ্য করল, কিন্তু বেবীটা মোটেই তাড়াতাড়ি বেড়ে উঠল না।

They watched for two whole weeks,
but the baby didn't grow quickly.

মার্থা আর স্যাম বেবীর জন্য একটা পুতুল নাচের খেলা দেখাল কিন্তু সে তখন নিজের আঙুল চুষতেই এত ব্যস্ত রইল যে খেলাটা নজরই করল না।

When Martha and   Sam put on a puppet show for the baby, she was too busy sucking her thumb to take any notice.

ওরা যখন ওদের প্রিয় সুরগুলি বাজাল, বেবীটা সারাটা সময় ঘুমিয়েই রইল।

When they played her their favourite tune,
the baby slept right through it.

যখন ওরা একটা পাখির সঙ্গে ভাব করতে গেল বেবীটা তখন এমন চিৎকার করে কেঁদে উঠল যে পাখীটা ভয়ে পালিয়েই গেল!

And when they made friends with a bird,
the baby screamed so loudly she frightened it away!

"ঐ বেবীটা *একেবারেই* তোমার মত নয়," স্যাম বলল, "ওকে তুমি ফিরত পাঠিয়ে দাও।"

স্যাম এই কথা বলায় মার্থার কেমন অদ্ভুত একটা ভাব হল।

ও মায়ের খোঁজে গেল।

"That baby is *not* just like you,"
said Sam. "You should send her back."
Martha felt funny when Sam said this and went to look for Mum.

মা তখন ঐ বেবীকে নিয়েই ব্যস্ত ছিলেন।
মার্থা বলল, "আমাকে একটু আদর করবে, মা?"
মা বললেন, "একটু অপেক্ষা করো, মার্থা।"

Mum was busy.
"Can I have a cuddle?" she asked.
"Just a minute, Martha," said Mum.

"কিন্তু *এখনই* যে আমি তোমাকে চাই।" মার্থা অভিযোগ জানাল, "তুমি সব সময়েই ওকে নিয়ে আছ। আর ও *একেবারেই* আমার মত নয়। ও কিছুই করতে পারে না। কবে ও একটা *ঠিকমত বোন* হয়ে উঠবে?"

"But I need you *now!*" wailed Martha. "You're always with *her*. And she's *not* like me. She won't do *anything*. When is she going to be a proper sister?"

মা বেবীকে নামিয়ে রেখে মার্থাকে দুই
বাহুতে জড়িয়ে ধরলেন।

Mum put the baby down and
scooped Martha into her arms.

"মার্থা, তুমিও একদিন ঠিক এমনটাই ছিলে। আর দেখ আজ কেমন বড় হয়ে উঠেছ।"

মার্থা জিজ্ঞেস করে, "তুমি ওকে যেমন ভালবাস আমাকেও কি তেমনি ভালবাসতে?"

"ঠিক এতটাই," মা ওকে সজোড়ে চেপে ধরে বললেন, "আর এখনও তেমনই ভালবাসি।"

"Martha, you were just like that once and look how you've grown."

"Did you love me as much as you love her?" asked Martha.

"Just as much," said Mum, holding her tight, "and I still do."

মার্থা খুশি হয়ে স্যামের সঙ্গে খেলা করতে চলে গেল ।

Martha felt better and went back to play with Sam.

মা ঠিকই বলেছিলেন। একটু সময় লাগল বটে কিন্তু সময় মত বেবীটা ঠিকই বাড়তে আরম্ভ করল।

Mum was right. It took a while, but finally the baby began to grow.

সে ওদের ব্যান্ডে বাজনাও বাজালো।

She played in their band.

ওদের পুতুল নাচ দেখে সে হেসে উঠল।

She laughed at their puppet show.

এমন কি সে ওদের পাখির সঙ্গেও ভাব জমাল।

She even made friends with their bird.

স্যাম বলল, "তোমার ভাগ্যটা সত্যিই ভাল যে তোমার একটা বোন আছে।"

"আমি জানি," মার্থা বলল, "ঠিক আমারই মত একটা বোন।"

"You're ever so lucky to have a sister," said Sam.
"I know," said Martha. "A sister just like me."